www.ingramcontent.com/pod-product-compliance
Lightning Source LLC
LaVergne TN
LVHW091230150826
845673LV00003B/1082

هواك أوطاني

بطاقة الكتاب:

اسم الكتاب: هواك أوطاني

اسم الكاتب: دودو محمد

نوع الكتاب: رواية

عدد الصفحـات: 68 صفحة

المقاس: 20 x14

رقم إيداع: 2024/4719

الترقيم الدولي: 4-2-87398-977-978

الطبعة: الأولى، 2024م

رئيس مجلس الإدارة

مها المقداد

للتواصل والطلب من داخل أو خارج مصر:

00201129195867-00201033966291

الغلاف والتنسيق الداخلي والمراجعة

فريق دار المصرية السودانية الإماراتية للنشر والتوزيع

فريق عمل

دار المصرية السودانية الإماراتية للنشر والتوزيع

فريق عمل

سحر الروايات - ShrElRawayat

تصميم الغلاف: فاطمة حمدي

التنسيق الداخلي: مريم محمد سيد

دار المصرية السودانية الإماراتية للنشر والتوزيع-مها المقداد

+201289024055

Mahaelmukdad@gmail.com

هواك أوطاني

دودو محمد

البارت الأول

وقفت فتاة خلف الستائر تتابع هذا العالم الغريب شعور متناقض لديها ما بين السعادة والاشمئزاز تمنت لو تستطيع تعيش لو يوم واحد في هذا الثراء الفاحش لكنها استيقظت من هذه الأحلام على صوت والدتها وهى تهتف عليها قائله

-بت يا مهره بتعملي ايه عندك تعالى ساعدينى في المطبخ

نظرت لها بضيق وقالت

مهره:-يوووووه بقى يا ماما خليني اتفرج على الحفلة أصلها حلوه اوى

هدرت بها بغضب وقالت

-أنتي يا بت متخلنيش اقطعلك شعرك ده امشى قدأمي انجرى

زفرت بضيق وتحركت معها إلى المطبخ وهى تهمهم بكلمات غير مفهومه

نظرت لها وقالت بنفاذ صبر

-هتفضلي واقفه كده ما تساعديني في غسل الكاسات دي

وقفت بجوارها وظلت تساعد والدتها حتى سمعوا صوت أنوثى تقول لهم

حد فيكم يجى بسرعه المشروب وقع على فستان مدام عليا ومحتاجه حد ينضفه

نظرت إلى ابنتها وقالت

-روحى يا مهره معاها وشوفى شغلك وتعالى على هنا على طول

نظرت لها بسعادة واومأت رأسها بالموافقة خرجت مع هذه الفتاة إلى الخارج شعرت برهبه وهى تتحرك في قلب الحفلة أمام اهم أشخاص بالدولة واهم رجال وسيدات الأعمال اقتربت من إحدى السيدات ووقفت أمامها بتوتر

نظرت لها بغضب شديد وهدرت بها قائله

عليا:-أنتي هتوقفي تتفرجى عليا شوفى شغلك اخلصي

ابتلعت ريقها بصعوبة اومأت رأسها بالطاعة ومالت بجسدها وبدأت تنظف لها المشروب من على ملابسها وبعد وقت انتهت لكنها سقطت على الأرض اثر دفعه من قدم عليا الغاضبة قائله لها

-أنتي حيوانه مش عارفه تشوفي شغلك كويس بهدلتي الفستان اكتر

تجمعت الدموع بعينيها ونهضت من على الأرض وقالت بصوت منكسر

مهره:-ا ا انا اسفه حاولة انضفه بس صعب لأن المشروب طبع عليه لون ومش عايز يطلع

هدرت بغضب وقالت

عليا:-مش المفروض تختاروا الناس الشغاله عندكم كويس مش جايبين شوية بهايم عندكم

تقدم رجل كبير بالعمر ذوى هيبه ووقار ونظر إلى مهره بأستغراب وقال بتساؤل

-أنتي مين يا بنت

تكلمت بصعوبة وقالت بتوتر

مهره:-ا ا انا مهره بنت امينه الشغاله وكنت جايه اساعدها النهارده

نظر لها بغضب وقال

-تخدى امك ومشوفش وشكم هنا تاني

ونظر إلى عليا وقال بأسف

-احنا اسفين يا ست عليا اتفضلي معايا غيرى الفستان اللي عليكي ده بواحد تاني

نظرت إلى مهره بغضب وصعدت مع هذا الرجل إلى الأعلى

نظرت مهره حولها وجدت الجميع ينظر لها وتابع ما حدث منذ قليل ركضت سريعا إلى المطبخ ولكنها ارتطمت بصدر بأحد الشباب وهو خارج من المرحاض نظرت له بدموع وقالت مهره:-انا اسفه

نظر لها بأستغراب وقال بتساؤل

-مالك يا انسه

تكلمت من بين شهقاتها وقالت

مهره:-طردونا من الشغل ومش عارفه اقول لماما الخبر ده ازاى

تكلم بعدم فهم وقال بتساؤل

-وليه عملوا كده !؟

نظرت له بدموع وقالت

مهره:-علشان واحده اسمها عليا متعجرفه وشايفه نفسها على الناس زعقتلى على غلطه مليش ذنب فيها ربنا ينتقم منها ست عامله شبه الغوريلا والله

حاول كبت ضحكاته وقال بصوت جاد

-متأكده أنها اسمها عليا

اومأت رأسها بالتأكيد وقالت

مهره:-ايوه متأكده، قال عليا قال دي مفروض يسموها امنا الغوله ام رجل مسلوخه إنما عليا اسم مش على مسمى

تعالت ضحكاته على كلماتها وقال بصوت هامس

-على ما اعتقد عليا دي تبقى مرات بابا

جحظت عينيها بصدمه وابتلعت ريقها بصعوبة وقالت بأسف

مهره:-ها ا ا انا اسفه والله متخدش عليا اصلى مسحوبه من لسانى حبتين

وتكلمت بصوت هامس وقالت

-روحتى في ابو بلاش يا مهره

أخرج كارت مدون عليه اسمه ورقم هاتفه الخاص وعنوان الشركة الخاصه به وقال بأبتسامه

-ده الكارت بتاعى تعالي الصبح على العنوان ده وانا هعوضك بشغل تاني احسن من ده

نظرت إلى الكارت بتوتر وأخذته منه وقالت بتساؤل

مهره:-و و وحضرتك هتعمل معايا كده ليه

اقترب إليها وقال بصوت هامس

-علشان اصلح اللي عملته ام رجل مسلوخه فيكى

ثم ابتعد عنها مره اخرى وابتسم لها ابتسامه ساحره وتركها واتجه إلى الحفل

فرهت شفاها بدهشه ونظرت إلى أثره بعدم تصديق وقالت

مهره:-ده انسان عادى ولا فيك هو فيه حلاوة كده في الدنيا

ثم تذكرت والدتها ابتلعت ريقها بصعوبة وتحركت بقدم مرتعشه إلى المطبخ وقفت خلفها وقالت بتوتر

-م م ماما

التفت لها وقالت بتساؤل

-خلصتى شغلك يلا بقى تعالى ساعدينى

حركت رأسها بالرفض وقالت

مهره:-م م مش هينفع

نظرت لها بعدم فهم وقالت بتساؤل

-هو ايه اللي مش هينفع اخلصي يلا لسه ورانا شغل كتير

تكلمت سريعا وقالت

مهره:-مافيش شغل يا ماما احنا اتطردنا منه

ردت عليها بتساؤل وقالت

-أنتي بتهزرى صح مش وقتك يا بنتى خلصى

واستدارت واكملت ما كانت تفعله

اقتربت إليها وأخذت ما في يدها وامسكت يدها وقالت بنبره هادئة

مهره:-يا ماما صدقيني أنا بتكلم جد واحده بره مسحت بكرامتى الأرض مع إن مكنتش غلطانه وعلشان يرضوا الهانم طردونا احنا

انهمرت دموعها منها وقالت بقلة حيله

-ليه يا بنتى مشوفتيش شغلك شبه الناس هنعمل ايه دلوقتي هناكل ونشرب منين لما اقعد في البيت، ده كان مصدر رزقنا حرام عليكي يا مهره هتفضلي لحد امته مستهتره كده

تكلمت بدموع وقالت بصوت مختنق

مهره:-يا ماما أنا معملتش حاجه العصير عمل لون على الفستان حاولة أطلعه بس مطلعش زقتنى برجليها على الأرض قصاد الناس كلها وشتمتنى من غير ما اكون غلطانه وفى الاخر طردنى أنا وأنتي علشان خاطرها والله يا ماما هو ده اللي حصل

جلست على مقعدها بدموع وظلت تنتحب قائله

-يا ميلة بختك يا امينه هنترمى في الشارع علشان مش هنلاقى ندفع الايجار

تكلمت سريعا وقالت بدموع

مهره:-متقلقيش يا ماما فيه واحد هنا ادانى الكارت بتاعه وقالى اروح ليه الصبح وهيعوضنى عن اللي حصل ده

نظرت لها بغضب شديد ونهضت من على مقعدها وامسكت شعرها بقوه وقالت

امينه:-تروحى فين يا روح امك على اخر الزمن هسرحك عند الرجاله يا بنت بطنى اكيد نيته مش كويسه وفكر أنه يقدر ياخد اللي عايزه منك بسهوله

حركت رأسها بألم وقالت

مهره:-لا يا ماما الموضوع مش زي ما أنتي مفكره هو بيعمل معايا كده علشان مرات أبوه هي السبب في طردنا من الشغل ولو مش عايزانى اروح خلاص مش هروح بس سيبى شعرى ابوس ايدك

دفعتها بقوه ونظرت لها بغضب وقالت

امينه:-هاتى الكارت بتاع الراجل ده

أعطته لها بضيق وقالت

مهره:-اهو خدى

أخذته منها ومزقته قطع صغيره والقته على الأرض وقالت

امينه:-يلا بينا ربنا كبير و هيوقف معانا

اومأت رأسها بالطاعة وتحركوا إلى الخارج وغادروا المكان سريعا .

***

باليوم التالى

استيقظ هذا الشاب على صوت والدته الحنون وهى تقول له

-معتصم اصحى يا حبيبى يلا

ابتسم لها ابتسامه هادئة وقال

معتصم:-صباح الورد على عيونك يا قلبى

ملست على شعره بحنو وقالت بنبره حنونه

-صباح النور يا عيونى يلا يا حبيبى اصحى علشان متتأخرش على الشركة مش ناقصين نسمع كلمتين من ابوك ملهمش لازمه

زفر بضيق واعتدل على فراشه ونظر لها بوجه عابس وقال

معتصم:-انا زهقت يا ماما ومتحمل علشانك عارف لو عملت حاجه معاه بيجى يطلعه فيكى علشان كده بنفذ اللي بيطلبه منى غصب عنى

نظرت له بحزن وقالت

-نعمل ايه بس يا ابنى منها لله مراته هي سبب قسوة ابوك عليك قوم يا حبيبى علشان خاطرى

نهض من على فراشه وقبل رأسها بحب وقال

معتصم:-وحياتك عندي هخلصك منها قريب اوى اصبرى عليا بس

هبت واقفه وقالت بصوت حزين

-هنزل أنا بقى علشان اشوف اللي ورايا

تكلم بضيق وقال بصوت مختنق

معتصم:-انا كلمة واحده امبارح علشان تيجى تساعدك في الفيلا وهتيجى تقابلنى النهارده في الشركة

ابتسمت له بحب وقالت

-ربنا يخليك ليا يا حبيبى ويجبر بخاطرك يارب

وخرجت من الغرفه وتركته

تنهد بضيق واتجه إلى المرحاض نزع ملابسه ووقف أسفل الماء وأخذ حماما دافئآ ثم اغلق الماء ووضع المنشفه حول خصره وخرج من المرحاض ارتدى ملابسه ووقف أمام المراه مشط شعره وارتدى ساعة يده ووضع برفانه المميز ثم جلس على السرير ارتدى حذائه وخرج من غرفته هبط إلى الأسفل وجد والده ينظر

له بوجه غاضب اغلق عينه بضيق واقترب إليه وقال بصوت مختنق

معتصم:-صباح الخير يا بابا

تكلم بغضب وقال

عاصم:-قصدك تقول مساء الخير الساعه كام معاك

تكلم بصوت مختنق وقال

معتصم:-اسف يا بابا راحت عليا نومه احنا راجعين من الحفلة متأخرين

تكلمت بغضب وقالت

عليا:-ما احنا جاين معاك امبارح ومع ذلك صاحين من قبلك بكتير للاسف دلع مامتك فيك اللي وصلك كده عمرك ما هتبقى راجل يعتمد عليك

صر على أسنانه بغضب واغلق عينه حتى يكبت غضبه اتجاهها اغلق قبضة يده وظل صامتا

هدر به بغضب وقال

عاصم:-اتفضل غور من وشى وروح الشركة يلا

نظر له بغضب شديد وتحرك سريعا من أمامه صعد سيارته وظل يلكم المقود بغضب ثم اسند رأسه عليه وحاول أن يهدأ قليلا ثوانى قليله وادار السيارة وتحرك بها بسرعه جنونيه واتجه إلى مقر الشركة.

***

البارت الثاني

استيقظت مهره من نومها ونظرت إلى والدتها النائمه بجوارها نهضت ببطئ شديد وتحركت إلى خارج الغرفه وأغلقت الباب بهدوء جلست على الأريكة وتذكرت ما حدث بالأمس زفرت بضيق وتجمعت الدموع بعينيها وتذكرت هذا الشاب الذى أعطى لها الكارت واراد أن يساعدها وتذكرت كلام والدتها لها والحال الذى سوف يتعرضوا له عند انقطاع والدتها عن العمل وقررت أن تذهب إلى هذا الشاب دون علم والدتها نهضت سريعا ودلفت المرحاض اخذت حماما دافئًا ثم خرجت وتحركت إلى الغرفة بهدوء ارتدت ملابسها ومشطت شعرها سريعا وعقدته من الخلف وأخذت حقيبة يدها ونظرة نظره اخيره إلى والدتها الغارقة في أحلامها وتنهدت بحزن وتحركت إلى الخارج ثم هبطت إلى الأسفل أوقفت سيارة أجرة واتجهت إلى العنوان الذى قرأته من على الكارت وبعد وقت وصلت هناك وتحركت إلى البوابة لكن الأمن منع دخولها ابلغتهم أنه يوجد ميعاد مع هذا الشاب اوقفوها وأبلغوا معتصم بوجود هذه الفتاة أمرهم أن أحد يحضرها له بالمكتب سريعا عاد الأمن وأخذها إلى الأعلى واتجهوا إلى المكتب الخاص بمعتصم نظرت حولها بأنبهار شديد حتى سمعت صوت الرجل يقول لها أن هذا هو المكتب المراد ابتسمت له بتوتر وطرقت على الباب سمعت صوته يأذن لها بالدخول فتحت الباب سريعا ودلفت إلى الداخل نظرت له وقالت بتلعثم

-ص ص صباح الخير انا جيت زي ما حضرتك طلبت منى

ابتسم لها ابتسامه هادئة وقال

معتصم:-اتفضلي اقعدي يا انسه

تحركت بتوتر وجلست على المقعد وقالت

مهره:-ش ش شكرا م م ممكن حضرتك ندخل في الموضوع على طول وتقولي شغل ايه ده اللي حضرتك قولتلي عليه

اومأ رأسه بتفهم وتكلم بتوضيح قائلا

معتصم:-انا عندي والدتي ست كبيره في السن ومع ذلك بتقوم هي بشغل البيت والفيلا كبيره جدا عليها، فيه طبعا شغالين موجودين بس ليهم مهمات تانية وبيخدموا ناس تانية علشان كده انا محتاجك أنتي ووالدتك تيجوا تساعدوها وتكونوا ليها هي ملكمش علاقه بأي حد تاني

نظرت له بعدم فهم وقالت بتساؤل

مهره:-مامتك !! تقصد مامتك ولا مرات ابوك اللي هي مدام عليا دي

حرك رأسه بالرفض سريعا وقال بصوت مختنق

معتصم:-لا اقصد أمي انا مليش دعوه باللي اسمها عليا دي وشغلك هيبقى مع ماما وبس

اومأت رأسها بتفهم وقالت بتساؤل

مهره:-ماشي اللي حضرتك تشوفه، بس هي مامتك ومرات باباك عايشين في فيلا واحده !؟

تكلم بضيق وقال

معتصم:-ايوه، المهم دلوقتي رأيك ايه في الكلام اللي قولته ليكي ومتقلقيش المرتب هيكون مرضى ليكم

تكلمت سريعا وقالت بتوضيح

مهره:-بس انا مكنتش شغاله مع ماما أنا كنت بساعدها بس في أيام الاجازه بتاعة الجامعة لكن ايام الدراسة أنا ببقى مركزه في المذاكرة ومش بنزل اساعدها

نظر لها بأستغراب وقال بتساؤل

معتصم:-أنتي بتدرسي في الجامعة!؟ كلية ايه

أجابته بأبتسامه هادئة وقالت

مهره:-كلية هندسه قسم هندسه معماريه

نظر لها بأعجاب وقال

معتصم:-طيب كويس اتخرجي بقى وان شاءالله أوظفك هنا احنا بنبقى محتاجين على طول مهندسين معمارين حديث التخرج علشان ندربهم عندنا في الشركة على احدث الاساليب في بناء المنتجعات وغيرها كتير

ابتسمت بسعادة وقالت

مهره:-بجد !؟ ده أنا طول عمرى بحلم أن اشتغل في شركتكم بعد التخرج

اومأ رأسه بالتأكيد وقال

معتصم:-ان شاءالله، المهم دلوقتي بلغى والدتك بالكلام اللي أنا قولته ليكي وشوفى هتيجى امته تستلم الشغل في الفيلا

ابتسمت له بتوتر وهبت واقفه وقالت

مهره:-حاضر بس ممكن كارت تاني زي اللي حضرتك ادتهونى علشان ضاع منى

أخرج الكارت وأعطاه لها وقال

معتصم:-اهو حافظى عليه بقى

أخذته منه ووضعته بحقيبة يدها وقالت

مهره:-ا ا انا لازم امشى بقى عن اذن حضرتك

وتحركت بأتجاه الباب لكنها وقفت عندما سمعته يقول لها

معتصم:-مقولتيش اسمك ايه

التفت له وقالت بصوت هادئ

مهره:-اسمى مهره

وفتحت الباب وخرجت منه واغلقته خلفها تنهدت بتوتر وقالت بصوت هامس

-يخربيت كده مفهوش غلطه يا بختها اللي هتكون من نصيبها

ثم تذكرت والدتها تحركت سريعا إلى الأسفل أوقفت سيارة أجرة وعادت إلى المنزل.

***

وصلت مهره المنزل ودلفت إلى الداخل بتوتر وجدت والدتها تجلس على الأريكة تنتظرها بغضب شديد ابتلعت ريقها بصعوبة واقتربت منها وقالت بتلعثم

-م م ماما أنتي صحيتى

تكلمت بغضب وقالت

امينه:-لا لسه نايمه يا روح امك كنتى فين يا بت وايه نزلك من البيت من غير ما تقوليلى

ابتلعت ريقها بتوتر وقالت بصوت متقطع

مهره:-ها ك ك كنت بدور على شغل و و ولاقيتك نايمه مرضتش اصحيكى

نظرت لها بعدم تصديق وقالت

امينه:-كنتى بدورى على شغل ولا روحتى لشاب اللي قابلتيه امبارح في الحفلة

أغلقت عينيها بتوتر وقالت

مهره:-ل ل لا طبعا ما أنتي اخدى الكارت وقطعتيه ومكنتش شوفت العنوان ولا رقمه هعرف ازاى اروح عنده

هدرت بها بغضب وقالت

امينه:-أنتي عارفه لو بتكدبى عليا هعمل فيكى ايه ؟

اومأت رأسها بتوتر وقالت

مهره:-ع ع عارفه طبعا

جلست مره اخرى على الاريكه وقالت بتساؤل

امينه:-ولاقيتى شغل على كده

تكلمت سريعا وقالت

مهره:-ايوه واحسن من اللي كنتى فيه واحده صحبتى قالتلى عليهم ناس اغنيه اوى عندهم فيلا ومحتاجين حد يساعد ست كبيره في خدمة البيت ده

نظرت لها بأهتمام وقالت بسعادة

امينه:-بجد طيب مقالتش نروح امته نقابل الناس علشان ابدأ شغل عايزه الحق اول الشهر علشان اقبض وادفع ايجار الشقه

اجابتها بتوتر وقالت

مهره:-لا صحبتى هتكلمهم وهتروحى من بكره تستلمى الشغل على طول

تنهدت بأرتياح وقالت بسعادة

امينه:-يا أما انت كريم يارب كنت شايله الهم الحمدلله

ابتسمت على سعادة والدتها وقالت

مهره:-هبقى اجبلك العنوان فين الظبط واخدك ونروح على الفيلا واساعدك لحد ما تبدأ الدراسة

اومأت رأسها بالموافقة وقالت

امينه:-ماشي يا حبيبتى ادخلى غيرى هدومك على ما احضر الاكل

وتركتها واتجهت إلى المطبخ

نظرت إلى أثرها بحزن وقالت

مهره:-انا اسفه يا ماما كنت مضطره اكدب عليكي علشان اشوفك وأنتي فرحانه كده الراجل مكانش فيه اى حاجه في ضميره وحشه وانا اخترت الصح والانسب لينا

وتحركت بأتجاه غرفتها بدلت ملابسها وخرجت مره اخرى جلست على مقعدها حول طاولة الطعام وبدأت تتناوله وهى تنظر إلى والدتها بسعادة .

***

البارت الثالث

مر عدة ايام استيقظت مهره على صوت رنين المنبه حتى تبدأ هي ووالدتها اول يوم عمل بالفيلا نهضت من على فراشها بتكاسل وخرجت من غرفتها اتجهت إلى غرفة والدتها ودلفت إلى الداخل وقالت

-ماما اصحى يلا يا حبيبتى

فتحت عينيها ونظرت لها بتثأب وقالت

امينه:-هى الساعه كام يا بنتى

اجابتها بصوت هادئ وقالت

مهره:-الساعه تسعه يا ماما

نهضت من على فراشها وقالت

امينه:-الواحد جسمه ريح اليومين اللي قعدهم دول

وخرجت من الغرفه واتجهت إلى المرحاض

نظرت إلى والدتها حتى اختفت من أمام عينيها وعادت مره اخرى إلى الغرفه أغلقت الباب خلفها وامسكت الهاتف وأجرت اتصالا وانتظرت الرد

-السلام عليكم مين معايا

تكلمت سريعا وقالت بتوتر

مهره:-ا ا انا مهره يا استاذ معتصم نص ساعه بالكتير ونكون عند حضرتك انا وماما بس ارجوك بلاش تجيب سيره ليها أن انا

جيت عند حضرتك الشركة ولا أن حضرتك ادتنى الكارت بتاعك في الحفلة

تكلم بأستغراب وقال بتساؤل

معتصم:-ليه يا انسه فيه مشكله ولا حاجه

ردت عليه سريعا وقالت

مهره:-ل ل لا خالص والله بس كل الحكايه أن ماما كانت رافضه أن اجى لحضرتك في الشركة فكرت أن نيتك وحشه ولما جتلك قولتلها أن كنت عند واحده صحبتى وهى اللي جايبه الشغل ده ليها ياريت حضرتك متزعلش من اللي قولته ده ب ب بس ماما بتخاف عليا اوى علشان كده بتبقى قلقانه طول الوقت وبتشك في اى حد

تكلم بتفهم وقال

معتصم:-تمام مافيش مشكله وانا برضه هفهم ماما الوضع علشان متغلطش وتقولها لأن انا حكيت ليها كل حاجه

تنهدت بأرتياح وقالت

مهره:-انا متشكره جدا لحضرتك مش عارفه اقولك ايه وقفت جنبنا وساعدنا على ذنب انت معملتهوش

تكلم بنبره جديه وقال

معتصم:-انا معملتش حاجه احنا فعلا كنا محتاجين واحده تساعد ماما وحصل اللي حصل علشان يكون ليكم نصيب في الشغلانه دي أنا هقفل دلوقتي وانتوا متتأخروش علشان متأخرش على الشركة

أغلقت الخط معه و بدلت ملابسها وخرجت من غرفتها دلفت المرحاض وفى ذلك الوقت انتهت امينه من التحضير وجلست تنتظر ابنتها ودقائق كانوا يقفوا أمام الفيلا الخاصه بعائلة معتصم

وساعدهم الأمن بتوصيلهم إلى الداخل وقفت مهره بجوار والدتها بتوتر ونظرت إلى الأرض بأحترام

نظرت لهم بأستغراب واقترب من مهره وقالت بتساؤل

عليا:-انا شوفتك فين قبل كده انا حاسه أن اعرفك

ابتلعت ريقها بصعوبة وقالت

مهره:-ها ل ل لا اول مره اقابل حضرتك

حركت رأسها بعدم اقتناع وقالت

عليا:-لا أنا فاكره أن شوفتك قبل كده بس فين مش فاكره المهم دلوقتي انتوا اشتغلتوا فين قبل كده

تكلم سريعا حتى ينقذ الموقف وقال

معتصم:-عند أهل صديق ليا وانا جبتهم لما عرفت كل حاجه عنهم واتأكد انهم ناس امينه متقلقيش

نظرت له نظره مطوله وقالت بأمر

عليا:-ماشي معنديش مانع بس اى غلطه انت اللي هتتحاسب فاهم

صر على أسنانه بغضب وقال

معتصم:-امشوا يلا تعالوا معايا

تحركوا معه وصعدوا إلى غرفة والدته

دلفوا إلى الداخل وجدوا امراه في العقد الخامس من عمرها ووجهها يظهر عليه الذل والقهر ورغم ذلك ملامحها هادئة وحنونه ابتسمت لهم وقالت

-اتفضلوا نورتوا المكان

تكلمت بتوتر وقالت

امينه:-يزيد فضلك يا ست هانم

ردت عليها سريعا وقالت

-لا لا لا بلاش ست هانم دي كفايه تقولوا مدام حنان

ابتسمت لها ابتسامه هادئة وقالت

مهره:-حضرتك طيبه اوى غير الست الشريره اللي تحت دي

هدرت بها بغضب وقالت

امينه:-بنت عيب كده حسك عينك تتكلمى في حاجه ملكيش فيها فاهمه

نظرت لها بأسف وقالت

مهره:-حاضر يا ماما أنا اسفه

نظر لهم بسعادة وقال بنبره جاده

معتصم:-انا همشى بقى مش هوصيكم على أمي خدوا بالكم منها كويس ولو فيه اى حاجه اتصلى بيا رقمى معاك

حملقت عينيها بصدمه ونظرت إلى ابنتها وقالت بغضب

امينه:-و رقم حضرتك بيعمل ايه معاها

نظرت له بصدمه حتى ينقذ الموقف

تكلم سريعا وقال

معتصم:-ما أنا اخده من صاحبى علشان اتواصل معاكم واقولكم العنوان

نظرت إلى ابنتها وقالت بعدم تصديق

امينه:-أنتي مش قولتى أن الشغلانه دي واحده صحبتك هي اللي جايبها

ابتلعت ريقها بصعوبة وقالت

مهره:-ها ا ا اه واحده صحبتى عن طريق واحده صحبتها اللي هو اخوها صاحب استاذ معتصم

نظر لها بأستغراب ثم تحرك بأتجاه الباب وقال

معتصم:-انا ماشي

خرج سريعا وهبط إلى الأسفل وتحرك بأتجاه الباب لكنه وقف على هتاف والده عليه قائلا

عاصم:-انت يا ولد استنى هنا

اغلق عينه بضيق والتف له وقال بصوت مختنق

معتصم:-نعم يا بابا

اقترب منه بغضب وقال بتساؤل

عاصم:-ايه موضوع الشغالين اللي انت جايبهم دول ازاى تتصرف من دماغك مش المفروض تقولي قبل ما تتصرف تصرف زي ده

تنهد بضيق وقال

معتصم:-عادى يا بابا جبتهم يساعدوا ماما لأنها كبرت مبقتش زي الاول والحمل بقى تقيل عليها رغم أن فيه خدامين كتير في الفيلا بس مراتك بتقصد تذل أمي وتشغلها زيها زيهم مع أن مفروض يكونوا الاتنين زي بعض وليهم نفس الصلاحيات في البيت هنا

صفعه بغضب وقال

عاصم:-اخرس يا قليل الادب اتكلم على مرات ابوك كويس وبعدين هي مغصبتش على امك في حاجه هي اللي عملت كده من نفسها طول عمرها تحب تقلل من نفسها وتعيش دور الضحيه

اغلق قبضة يده بغضب شديد وتكلم بصوت مختنق وقال

معتصم:-حضرتك اللي قللت منها لما روحت اتجوزت عليها واحده زي دي وكسرتها قللت منها لما لاغية وجودها من حياتك وجريت وراه واحده أقل مننا في المستوى والتفكير واقل مننا في كل حاجه انت اللي عملت فيها كده متجيش دلوقتي وتلوم عليها

امسكه من ملابسه بغضب وقال

عاصم:-انت اتجننت ازاى تسمح لنفسك تتكلم معايا كده شكلك وحشك الضرب بتاع زمان قولت بقيت راجل اطول منى وبلاش تمد ايدك عليه، بس شكلى كنت غلطان

اغلق عينه بدموع وظل صامتا

دفعه بعيد عنه وقال بغضب

-بس العيب مش عليك العيب على اللي معرفتش تربيك أنا هعرف شغلى معاها

امسك ذراعه بترجى وقال

معتصم:-بلاش ارجوك يا بابا ماما ملهاش دعوه لو عايز تضرب اضربنى أنا بلاش هي

نظر عاصم إلى يده بغضب أبعدها عنه وغادر البيت سريعا

نظر معتصم إلى أثره بدموع وحاول أن يهدأ قليلا ثم تحرك إلى الخارج صعد سيارته وادارها وتحرك بها بسرعه جنونيه

كانت مهره تتابع ما يحدث من الأعلى بصدمه وشعرت بالحزن على ما حدث إلى معتصم من والده تنهدت بوجع وعادت مره اخرى إلى غرفة حنان.

***

مر عدة أسابيع ظل الوضع كما هو عليه حاولة عليا تتذكر متى واين التقت بمهره لكنها لم تستطيع شعرت حنان بالاهتمام الشديد من جهة مهره وامينه وشعرت معهم بالجو الأسرى الذى حرمت منه منذ زمن طويل

خرجت مهره من غرفة حنان ولم تنتبه بوجود معتصم ارتطمت به بقوه تراجعت إلى الخلف وقالت بتوتر

-ا ا انا اسفه مأخدش بالى أن حضرتك واقف

حرك رأسه بوجه عابس وقال

معتصم:-محصلش حاجه، ماما صاحيه ولا نايمه ؟

نظرت له بشفقه وقالت

مهره:-لا لسه نايمه وقالت لينا نصحيها لما حضرتك ترجع، تحب ادخل اصحيها ؟

حرك رأسه بالرفض وقال

معتصم:-لا خليها نايمه وانا هدخل اريح شويه في أوضى ولما اصحى ابقى ادخلها

وتحرك بأتجاه غرفته لكنه وقف على صوت هتاف مهره وهى تقول له

-احضرك الاكل ؟

نظر لها بضيق وقال بصوت مختنق

معتصم:-لا شكرا

ودلف غرفته وتركها

ظلت تنظر إلى الباب بحزن شديد هبطت إلى الأسفل واتجهت إلى المطبخ جهزت الطعام وأخذته وعادت مره اخرى إلى الأعلى طرقت على الباب وسمعت صوته يأذن لها بالدخول فتحت الباب ودلفت إلى الداخل

اعتدل سريعا على السرير وقال بأستغراب

معتصم:-مهره!! خير فيه حاجه !؟

وضعت أمامه الطعام وقالت بتوتر

مهره:-ا انا حضرت ليك كام سندوتش وحطيت لحضرتك كوباية عصير علشان تاكلهم قبل ما تنام

نظر إلى الطعام بأستغراب وقال

معتصم:-بس انا قولتلك مش عايز اكل

اومأت رأسها بالتأكيد وقالت

مهره:-عارفه بس حضرتك اليومين دول مش بتاكل خالص وبتضحك على مدام حنان على طول وتقولها انك لسه اكل علشان تهرب منها وهى الصراحه حاسه انك بتكدب عليها وزعلانه عليك علشان واضح على جسمك قلة الاكل علشان كده انا قولت اعملك كام سندوتش خفيف تاكلهم قبل ما تنام

ظل ينظر لها نظره مطوله ثم قال بتساؤل

معتصم:-طيب وأنتي ليه بتعملي معايا كده

ابتلعت ريقها بصعوبة وقالت بتلعثم

مهره:-ها ع ع علشان حضرتك طيب وساعدنا لما اطردنا من الشغل وكمان علشان معاملتك الطيبه معانا

نهض من على السرير واقترب منها ونظر لها وقال بتساؤل

معتصم:-ولا علشان ماما هي اللي طلبت منك كده

حركت راسها سريعا وقالت

مهره:-لا والله مدام حنان مطلبتش منى حاجه زي كده لان ماما مكانتش هتسمح بحاجه زي كده اصلا أنا عملت كده من نفسي

ابتسم لها بضيق وقال

معتصم:-للاسف مش بصدقك علشان أنتي بارعه في الكذب عموما شكرا على الاكل اتفضلي يلا اطلعى من الاوضه وخدى الباب في ايدك

نظرت له بصدمه وشعرت بأهانه كبيره في كلامه لها تكلمت بصوت مختنق وقالت

مهره:-انا مش بكدب يا استاذ معتصم ولو على اللي حصل قبل كده فأنا قولتلك اسبابى اللي خلتنى اكدب على ماما واقولها كده عموما شكرا على كلام حضرتك وبعد كده مش هتصرف من دماغى تاني عن اذنك

خرجت تركض من الغرفه وأغلقت الباب خلفها واسندت ظهرها عليه وانهمرت دموعها منها بضيق وفى ذلك الوقت أتت والدتها ونظرت لها بقلق وقالت بتساؤل

امينه:-مهره مالك بتعيطى ليه !؟

إزالة عبراتها سريعا وقالت بتوتر

مهره:-م م مافيش يا ماما دي حاجه دخلت في عينى وانا هعيط ليها بس

نظرت لها بعدم تصديق وقالت

امينه:-بقى كده ماشي يا بنت بطنى امشى يلا هنروح مدام حنان نامت وقالتلى نروح بيتنا

اومأت رأسها بالموافقة وتحركت معها هبطت إلى الأسفل وتحركوا بأتجاه الباب لكن أوقفهم صوت عليا وهى تهتف عليها قائله

-أنتي استنى عندك

التفوا لها وابتلعت مهره ريقها بصعوبة وقالت

مهره:-ن ن نعم

اقتربت منهم ونظرت إلى مهره بغضب وقالت

عليا:-مش أنتي البنت اللي بوظت الفستان بتاعى في الحفلة

نظرت إلى والدتها بتوتر ثم نظرت لها مره اخرى واومأت رأسها بالتأكيد

امسكتها من ذراعها بغضب وهدرت بها وقالت

عليا:-كنت متأكده أن شوفتك قبل كده وجايه تشتغلى عندي ليه اكيد عايزه تعملى فيا حاجه

نظرت لها بغضب وتكلمت بصوت مختنق وقالت

مهره:-وانا هعمل فيكى حاجه ليه عادى طول عمرنا متعودين على الاشكال اللي زيك دي واحده متسواش مليم وسط الحريم تيجى تعمل علينا هانم علشان كده أنتي مش في دماغى اصلا احنا جينا اشتغلنا هنا بعد ما اطردنا بسببك من شغلنا

نظرت لها بغضب والشرار يتطاير من عينيها رفعت يدها إلى الأعلى وكادت أن تصفحها لولا تدخل.

***

البارت الرابع

كادت عليا أن تصفح مهره لولا تدخل معتصم في ذلك اللحظه امسك ذراعها بغضب وصر على أسنانه بنفاذ صبر

-مش هسمحلك تعملى كده دول شغالين عندي أنا وانا اللي جيبهم ومش من حقك تقربى منهم

حاولة تبعد يده عنها بألم وقالت بغضب

عليا:-سيب ايدى يا حيوان أنا هعرفك ازاى تمسك ايدى كده مبقاش أنا عليا لو مكنتش دفعتك التمن غالى يا معتصم وأنتي هوريكى هعرفك ازاى تردى عليا يا زباله يا حقيره

ترك يدها بغضب وقال

معتصم:-اللي عندك اعمليه بس لو فكرتى تقربى منهم ولا من أمي متلميش الا نفسك فاهمه

نظرت لهم بغضب شديد وحركت رأسها بتوعد وقالت

عليا:-هوريكم كلكم بكره تيجوا تركعوا تحت رجلى علشان اسامحكم يا رعاع

وتحركت سريعا من أمامهم وتركتهم

نظرت له بأسف وقالت

مهره:-ا ا انا اسفه على اللي حصل مكنتش اقصد احطك في وضع زي ده

نظر إليها بضيق وقال

معتصم:-محصلش حاجه اتفضلوا امشوا دلوقتي وتعالوا الصبح عادى ومتشغلوش بالكم بيها أنا هتصدرها لو فكرت تقربلكم

نظرت لهم نظره مطوله وقالت

امينه:-انت الشاب اللي اديت بنتى الكارت بتاعك في الحفلة

نظر إلى مهره ثم نظر إلى والدتها وقال

معتصم:-ايوه أنا بس مش علشان زي ما أنتي مفكره أنا فعلا هناك اديتها الكارت بتاعى علشان كانت عماله تعيط وعرفت أن اللي عملت فيها كده مرات ابويا وعلشان عارف هي ظالمه قد ايه قولت اساعدها واعوضكم عن الشغل ده وانا كمان كنت محتاج اتنين زيكم علشان ماما ضرورى زي ما تقولي كده ربنا حطنا قصاد بعض علشان كل واحد فينا محتاج لتاني

نظرت إلى ابنتها بغضب وقالت

امينه:-شهاده لله يا ابنى من يوم ما دخلنا هنا مشوفناش منكم غير كل خير وانت ماشاءالله عليك شاب محترم غير ما كنت مفكره بس انا ليا حساب مع بنتى على كدبها عليا

وأشارت برأسها لها وقالت

-اتفضلي قدأمي يا هانم

ابتلعت ريقها بصعوبة ونظرت إلى معتصم بخوف وتحركت إلى الامام

تحرك سريعا خلف امينه وقال بصوت هامس

معتصم:-ارجوكى براحه عليها هي عملت كده علشان كانت خايفه تقولك وكانت خايفه عليكي

نظرت له بضيق واومأت رأسها وقالت

امينه:-متشغلش بالك باللي هيحصل يا استاذ معتصم أنا عارفه بربى بنتى ازاى

وامسكت ذراع ابنتها وخرجت سريعا أوقفت سيارة اجره وعادوا إلى المنزل.

***

باليوم التالى

وصلت مهره مع والدتها الفيلا ووجهها مليئ بالكدمات حول عينيها وبالقرب من فمها وأشياء بسيطه بذراعها تحركوا بأتجاه الدرج لكن أوقفهم صوت عاصم الغاضب

استداروا سريعا ونظروا له بخوف شديد

اقترب إليهم ونظر لهم بغضب وقال

عاصم:-انتوا ازاى تفكروا تغلطوا في عليا هانم انتوا اتجننتوا انتوا متعرفوش تبقى مرات مين ولا ممكن اعمل فيكم ايه

تكلمت سريعا وقالت بأسف

امينه:-احنا اسفين يا عاصم باشا دي عيله طايشه وانا جبتلكم حقكم منها حتى شوف كده وشها كله ازرق من كتر الضرب فيها انا عارفه انها غلطانه وردت على الست هانم رد مينفعش يتقال بس اديها استحقت اللي حصلها ارجوك سامحها وخلى ست عليا تسامحها

نظر إلى وجه مهره بتمعن ثم قال بصوت غليظ

عاصم:-انا هسامحها المرادى بس علشان خاطرك وانك مرضكيش اللي عملته بس اقسم بالله لو كررت الغلط ده تاني ورفعت عينيها في ستها عليا انا مش هيكفينى موتها فاهمه

نظرت إلى ابنتها بضيق واومأت رأسها بالطاعة وقالت

امينه:-ف ف فاهمه

هدر بهم بغضب وقال

عاصم:-اتفضلوا غوروا من وشى

نظرت له بكره شديد وصعدت تركض إلى الأعلى وتحركت خلفها والدتها دلفوا الغرفه عند حنان وانصدموا عندما نظروا إلى مهره تكلمت سريعا وقالت

-ايه ده يا امينه مين اللي عمل في مهره كده

ردت عليها بضيق وقالت

امينه:-انا يا مدام حنان علشان بعد كده متفكرش تكذب عليا تاني

تكلمت بحزن وقالت بلوم

حنان:-اخس عليكي يا امينه حرام اللي عملتيه في البنت ده هي عملت كده علشان كانت خايفه عليكي

نظرت إلى ابنتها بغضب وقالت

امينه:-انا اكتر حاجه أكرهه الكدب وهى عارفه كده انا ممكن اسامح على اى حاجه الا انها تكدب عليا

ظل ينظر لها بشفقه ويتابع ما يحدث بصمت

تكلمت بصوت حزين ومنكسر

مهره:-عن اذنكم هروح اشوف شغلى

وخرجت من الغرفه وتركتهم

نظرت لها بضيق وقالت

حنان:-أنتي شكلك اتجننتى يا امينه فيه واحده تعمل كده في بنتها البنت يا عينى مدمره ده غير نفسيتها

تكلمت بعدم اهتمام وقالت

امينه:-انا بعمل كده علشان مصلحتها مش عايزاها تكون واحده كدابه يا مدام حنان هي اه اول كدبه ليها بس مدام عملتها مره ولاقتنى سكت هتعملها مليون مره

هب واقفا وقال بصوت مختنق

معتصم:-هروح انا بقى الشركة مش عايزين حاجه

تكلمت بنبره حنونه وقالت

حنان:-لا يا حبيبى ربنا يكفيك شر طريقك

خرج من الغرفه وتحرك بأتجاه الدرج لكنه سمع صوت بكاء يأتى من زاوية الحائط تحرك بأتجاه الصوت وجد مهره جالسه بالأرض وتبكى

نظر لها بحزن ومال بجسده وحرك يده على وجهها وقال

معتصم:-اهدى يا مهره تعالى معايا

نظرت له بدموع وحركت رأسها بالرفض

امسك يدها وارغمها على الوقوف اخذها إلى غرفته واغلق الباب خلفه واجلسها على الأريكة وقال

-اهدى يا مهره مامتك عندها حق أنا من الاول مكنتش موافق على موضوع الكدب ده وكنت مضايق اوى أن مشاركك في حاجه زي كده الصراحه احسن بكتير لو كنتى قولتى ليها الحقيقه مكانش حصل كل ده

تكلمت من بين شهقاتها وقالت

مهره:-لو كنت قولت الحقيقه مكانتش هتوافق اننا نيجى نشتغل هنا كانت هتخاف عليا منك انا فاهمه دماغ ماما ماشيه ازاى كنت ناويه اقولها الحقيقه بس بعد ما تتأقلم على الشغل الجديد هنا

ازال عبراتها بأنامله ونظر بعينيها وقال

معتصم:-طيب خلاص اللي حصل خلاص حصل وده درس يعلمك بعد كده متفكريش تكدبى عليها ولا على اى حد تاني

حركت رأسها بالنفى وقالت

مهره:-انا معملتهاش قبل كده دي كانت اول واخر مره

ابتسم لها وظل ينظر بعينيها ثم نهض سريعا وتحرك إلى المبرد الصغير الخاص به أخذ منها قطعة ثلج صغيره وعاد إليها وقال

معتصم:-لازم تحطى تلج على الكدمات دي علشان كده غلط

جلس بجوارها وبدء يحرك قطعة الثلج على وجهها

ابتلعت ريقها بصعوبة وتعالت أنفاسها

نظرت إلى شفتيها وحرك أصابعه عليهم وابتلع ريقه بتوتر واقترب اكثر منها وحاول تقبيلها

انتبهت للوضع انتفضت سريعا وهبت واقفه وقالت بتلعثم

مهره:-ا ا انا بقيت كويسه خلاص ه ه هروح اشوف اللي ورايا وخرجت تركض من الغرفه

نظر إلى أثرها بضيق وحاول أن يهدأ قليلا وظل يلوم نفسه بما فعله كاد أن يفعل شئ يندم عليه وضع يده على وجه وأخذ نفس عميق أخرجه بهدوء ثم نهض وخرج من غرفته هبط إلى الأسفل صعد سيارته وادارها واتجه إلى الشركة.

***

البارت الخامس

مر عدة ايام حاولة مهره أن تختفى من أمام معتصم كلما تقابلوا بمكان ما تركض قبل أن يتحدث معاها بكلمه واحده

هتفت حنان على مهره حتى تأتى لها

جاءت تركض إليها وقالت بأبتسامه

مهره:-نعم يا مدام حنان

نظرت حولها وقالت بتساؤل

حنان:-مامتك فين يا حبيبتى

اجابتها بتوضيح وقالت

مهره:-ماما تعبانه شويه النهارده ومقدرتش تيجى اديتها علاجها ونامت وعلى بكره أن شاءالله تبقى كويسه

ردت عليها بحزن وقالت

حنان:-الف سلامه عليها يا حبيبتى

تكلمت سريعا وقالت

مهره:-الله يسلمك يا مدام تأمرينى بحاجه

حركت رأسها بالرفض وقالت

حنان:-لا يا حبيبتى انا كده بسأل عليها بس روح شوفى اللي وراكى

اومأت رأسها بالموافقة وخرجت من الغرفه وتحركت من أمام باب غرفة معتصم لكنها وجدت يد تسحبها إلى الداخل ويغلق الباب

نظرت له بصدمه وقالت

مهره:-حضرتك عايز ايه منى مينفعش كده حد يشوفنى عندك هيقولوا ايه

اسند ظهرها على الباب ونظر لها بضيق وقال بتساؤل

معتصم:- أنتي بتتهربى منى ليه من ساعة ما كنتى عندي في الأوضه المره اللي فاتت خوفتى منى صح

ابتلعت ريقها بتوتر وحركت رأسها وقالت

مهره:-ل ل لا طبعا وانا هخاف من حضرتك ليه

ابتعد عنها وقال بتوضيح

معتصم:-انا مكنتش اقصد اللي حصل يومها ده أنا معرفش عملت كده ازاى بس مش عايزك تزعلى ولا تخافى منى دي كانت اول مره اعمل كده ومعرفش ليه أنتي بالذات

نظرت إلى الأرض بخجل وقالت

مهره:-ح ح حصل خير و و وانا نسيت اللي حصل ده في سعتها خلاص

حرك رأسه بالرفض وقال

معتصم:-لا منستيش بدليل انك على طول بتتهربى منى وحتى دلوقتي مش بتتعاملى بطبيعتك معايا

نظرت له بتوتر وقالت

مهره:-لا والله ب ب بس وجودى معاك هنا في الاوضه هو اللي موترنى ممكن اى حد يشوفنا ويفتكر اى حاجه غلط ممكن تسيبنى اطلع بعد اذنك

اغلق عينه بضيق واومأ رأسه بالموافقة وأشار لها أن تخرج

تحركت سريعا إلى الخارج وأغلقت الباب خلفها وتنهدت بأرتياح.

***

باليوم التالى

هبط معتصم من اعلى الدرج وتحرك بأتجاه الباب لكن أوقفه صوت والده وهو يهتف عليه قائلا

عاصم:-استنى هنا

وقف بضيق ونظر له وقال

معتصم:-نعم

اقترب منه وقال بأمر

عاصم:-اعمل حسابك متتأخرش النهارده في الشركة علشان فيه ضيوف جاين علشانك

نظر لهم بعدم فهم وقال بتساؤل

معتصم:-ضيوف مين دول

تكلمت وهى تجلس على مقعدها أمام طاولة الطعام وقالت

عليا:-اختى وبنتها أنا عزمتهم النهارده علشان تقعدوا مع بعض وتتعرفوا على بعض اكتر

نظر إلى والده بضيق وقال

معتصم:-وانا اقعد معاها ليه وانا مالى بيها

اقتربت منه وقالت بتوضيح

عليا:-ما قولتلك علشان تتعرفوا على بعض أصل انا قررت اخطبها ليك

اغلق عينه بغضب كز على أسنانه وقال

معتصم:-ومين قالك أن أنا بفكر في الجواز دلوقتي أنا مش مستعد للخطوه دي

نظرت له بزعل مزيف وقالت

عليا:-بقى كده يا معتصم وانا اللي عايزه مصلحتك وبفكر في مستقبلك بدل شغل الخدامين اللي ماشي وراه ده خلاص يا ابنى براحتك

نظر إلى معتصم بغضب وقال

عاصم:-انت ازاى تتجرئ وتتكلم مع مرات ابوك قصادى كده انت اتجننت، عليا عندها حق انت مبقتش صغير وده انسب سن للجواز، عارف لو مجتش في الميعاد ايه هيحصل لامك هنا هتتعاقب مكانك لو خايف عليها متتأخرش

وتحرك إلى الخارج وتركهم

نظر إلى عليا بغضب

اقتربت منه وقالت بصوت هامس

عليا:-انا مقولتش لابوك على علاقتك بالبنت الخدامه وعلى وجودها على طول في اوضك لوحدكم بس اقسم بالله لو الجواز ده متمتش لاقول ليه كل حاجه وانت عارف هو ممكن يعمل ايه في امك يا بتاع الشغلات

تركته وعادت مره اخرى إلى طاولة الطعام

اغلق قبضة يده حاول كبح غضبه داخله حتى لا يفعل شئ يندم عليه تحرك سريعا إلى الخارج وصعد سيارته ظل ينظر أمامه بغضب وصاح بقوة انهمرت دموعه وأسند رأسه على المقود وظل يلكمه وبعد وقت تراجع إلى الخلف وأدار السيارة وتحرك بها بسرعه جنونيه.

***

بالمساء حضرت شقيقة عليا وابنتها جلسوا على الأريكة وتكلمت عليا بصوت هامس وقالت

-أنتي عارفه طبعا هتعملى ايه اقنعيه بيكى بأي طريقه ده هو الوريث الوحيد لعاصم وهيكون على قلبه قد كده والعز ده كله هيبقى ليكي

ابتسمت بثقه وقالت بتكبر

-مش محتاجه اقنعه بيا يا خالتو هو هيوقع فيا اول ما يشوفنى، دي الشباب بتتمنى نظره واحده بس منى

وفى ذلك الوقت أحضرت مهره المشروب ووضعته أمامهم على الطاوله

نظرت لها بغضب ووضعت قدمها وتعثرت بها مهره وسقطت على الأرض

تعالت ضحكاتهم وقالت بتهكم

عليا:-ايه مش قادره تمشى على رجلك من الزعل ولا ايه، معذوره يا عينى كان عندها امل أنها تنط فوق وتتجوز سيدها

وامسكت كأس المشروب وافرغته فوق رأسها

أغلقت عينيها بغضب شديد ونهضت من على الأرض سريعا

تكلمت بأمر وقالت

عليا:-امسحى العصير اللي على الأرض ده اخلصي

تجمعت الدموع بمقلة عيناها ومالت بجسدها وبدأت تنظف الأرض

دهست يدها بحذائها وظلت تضغط بقوه

تألمت بشدة وحاولة أبعادها لكنها لم تستطيع وفى ذلك الوقت وصل معتصم وشاهد ما يحدث اقترب من مهره سريعا وساعدها على الوقوف ونظر إلى يدها وجد الدماء تدفق منها هدر بهم بغضب وقال

-انتوا اتجننتوا ايه اللي عملته فيها ده البنت ايديها بتنزف

نظرت له بغضب وقالت

عليا:-مش المفروض تسلم على الضيوف الاول ولا ايه

صك على أنيابه بغيظ شديد واقترب منها وقال بتحذير

معتصم:-وحياة أمي لادفعك تمن عمايلك دي غالى اوى بس اصبرى عليا قريب اوى نهايتك يا عليا

وأمسك يد مهره وصعد بها إلى الأعلى دلف غرفته واجلسها على الأريكة نظر لها بضيق وقال

-أنتي ازاى تسمحى ليهم يعملوا فيكى كده مش متعود منك على كده فين مهره اللي كانت بتتكلم بقوه ومتخافش من حد

انهمرت دموعها بحزن شديد وقالت

مهره:-خوفت من ابوك اخر مره حذر ماما وهددها أن لو غلط في عليا دي تاني مش هيعديها بالساهل واحنا ناس غلابه مش قدكم

أنا ندمانه أن جبت ماما وجينا اشتغلنا هنا ياريت ما قابلتك ولا سمعت كلامك وجتلك الشركة

وظلت تبكى بحزن شديد

اغلق عينه بغضب وحرك يده ببطئ شديد وازال عبراتها بأنامله ونظر بعينيها وقال بصوت مختنق

معتصم:-اهدى يا مهره علشان خاطرى انا عارف ان اللي بتعمله عليا معاكى مش سهل بس اصبرى عليا انا قربت اخلص منها واكشف حقيقتها لبابا

نظرت له بدموع وقالت

مهره:-وحضرتك هتعمل كده ليه انت كده هتعرض نفسك للخطر

ابتسم لها وقال بنبره هادئة

معتصم:-الاول كان علشان اللي عملته مع ماما زمان ودلوقتي علشان اللي بتعمله معاكى يا مهره مش هستحمل تأذى كل اللي بحبهم

ابتلعت ريقها بتوتر وابعدت يدها نظرت له بخجل وقالت بتساؤل

مهره:-ت ت تقصد ايه بكل اللي بتحبهم دي

نظر بعينيها بحب وقال بأبتسامه حنونه

معتصم:-يعنى أنا بحبك يا مهره

انتفضت مكانها من هول الصدمة وحاولة أن تهرب من كلماته لكنه امسكها سريعا وحاوط خصرها بذراعيه وتكلم بصوت هامس وقال

-رايحه فين يا مهره

وهى تهرب بعينيها بعيد عنه قالت

مهره:-ه ه هروح اشوف شغلى قبل ما حد يشوفنى هنا

حرك أنامله على وجينتها المتوردة من شدة الخجل وقال بتساؤل

معتصم:-طيب مردتيش عليا في اللي قولته ليكي دلوقتي

أغلقت عينيها بدموع وقالت بصوت مختنق

مهره:-سيبنى لو سمحت اللي انت قولته ده مينفعش أنا الشغاله يا استاذ معتصم يعنى فيه فرق ما بين السما والارض حضرتك فين وانا فين وكلام حضرتك مش مقنع بصراحه لو بتعمل كده ومفكر أن انا علشان فقيره وشغاله عندكم هفرح بالكلمتين دول واسلمك نفسى تبقى بتحلم

ابتعد عنها بأستغراب وقال بصوت مختنق

معتصم:-أنتي شيفانى كده يا مهره !؟

تراجعت إلى الخلف وتجمعت الدموع بعينيها وقالت بصوت مختنق

مهره:-انا مبقتش عارفه حاجه خالص انا حياتى كلها اتشقلب حالها من ساعة ما قابلتكم لا فاهمه هي بتعمل معايا كده ليه ولا قادره احدد مشاعرى اتجاهكم ايه انا واحده كل طموحاتها في الدنيا أنها تتخرج من دراستها وتشتغل في شركه وتريح أمها من شغل البيوت ده كفايه ذل واهانه ليها علشان تربينى وتعلمنى أنا مش هفرح زي العبيطه بالكلمتين اللي انت قولتهم ليا دول لأن ده حلم مش من حقى وانا متعودش اخد حاجه مش بتاعتى عن اذنك يا استاذ معتصم

وخرجت تركض من عنده بدموع

نظر إلى أثرها بحزن شديد حرك يده على رأسه بغضب ثم زفر بضيق وهبط إلى الأسفل وجد والده قد عاد وينظر له والشرار يتطاير من عينه اقترب منه وصفعه بقوه حتى سال الدماء من فمه اغلق عينه بدموع جز على أسنانه بغضب وظل صامتا

هدر به بغضب شديد وقال

عاصم:-انت ايه اللي عملته مع ضيوف عليا ده أنا مش الصبح حذرتك، ايه كبرت خلاص وكلامي مبقاش يتسمع ماشي يا معتصم الواضح كده أن اللي بعمله في امك مبقاش يأثر فيك نغير بقى يمكن ده اللي يجيب نتيجه

وصاح بغضب وقال

-مهره يا مهره

هرولت بخوف شديد إليهم ونظرت إلى الدماء على وجه معتصم تكلمت بصعوبة وقالت

مهره:-ا ا اومرنى حضرتك

اقترب إليها بغضب وأمسك شعرها بقوه ونظر إلى معتصم ثم تكلم بنبره غاضبة وقال

عاصم:-أنتي ازاى تتجرئ وتتكلمى مع ستك عليا بأسلوب مش كويس وتحرجيها قصاد الناس

انهمرت الدموع منها وحركت رأسها بالرفض وقالت

مهره:-محصلش والله العظيم ما حصل

صفعها بقوه وقال بغضب

عاصم:-كمان هتكدبى يعنى ستك عليا بتتبلى عليكي انتوا وجودكم من الاول هنا غلط والغلط مش عليكم الغلط على اللي دخلكم هنا

ونظر إلى معتصم

جز على أسنانه و تعالت أنفاسه بغضب شديد حاول يتحكم بأعصابه لكنه لم يستطيع حدق به بنفاذ صبر وهدر به بغضب وقال

معتصم:-كفايه بقى انت ايه لدرجاتى مغمى عيونك وماشي وراه كلام واحده زي دي من ساعة ما دخلت حياتنا وانت لا قادر تسمع ولا تشوف غيرها كل ما تبخ سمها في ودنك تيجى تطلعه علينا وصلتك تمد ايدك على أمي كل يوم والتاني كرهتك فيا كل ده علشان الفلوس هي عمرها ما حبيتك ولا هتحبك كل همها ازاى تبعد كل اللي حواليك علشان تكوش هي على كل حاجه خليها تنفعك هي نجحت فعلا نجحت أنها توصلك لشخص مكروه حتى من اقرب حد ليك نجحت أنها تبعدك عننا وتبعدنا عنك

ثم نظر لها بغضب وقال

-اهو عندك اهو اشبعى بى والفلوس مش هتقدرى تخدى منها ولا مليم عارفه ليه علشان أنا كتبت لنفسي كل حاجه بالتوكيل اللي كان معايا اشبعى بى بقى وبلغى عشيقك أنه ميحلمش كتير واللي كان بيخطط ليه طول السنين اللي فاتت دي بح مافيش

ثم نظر إلى مهره وجدها تبكى في صمت اقترب منها وأمسك يدها ونظر إلى أبيه بغضب وارغمها على التحرك معه إلى الأعلى

فرهت شفاها بدهشه ولم تستطيع تصديق ما حدث منذ قليل حركت رأسها بغضب وتعالت ضحكاتها الغاضبة وقالت

عليا:-اكيد كل ده كدب لا لا لا مستحيل بعد ما ضيعت عمرى مع راجل كبير اطلع من المولد بلا حمص مش هسمحله ياخد مليم واحد الفلوس دي من حقى أنا مش هسمح لحد يقرب منها

ونظرت امامها بتوعد وقالت

-اى حد هيقرب من الفلوس هنسفه من على وش الأرض

وضع يده على قلبه وجلس على الأريكة بألم شديد حاول يستنجد بعليا لكنها لم تنتبه له تكلم بصوت ضعيف وهتف عليها حتى تقترب منه

نظرت له بغضب شديد وتركته واتجهت إلى غرفتها

حاول يتكلم بصعوبة لقد اشتدت الالم عليه وهتف على ابنه لكنه لم يستطيع التحمل أكثر من ذلك اغلق عينه وفارق الحياة.

***

البارت السادس

صعدت معه إلى الأعلى والدموع تتسابق على وجينتها بحزن شديد دلفوا إلى غرفة والدته واغلق الباب خلفهم نظر إلى مهره وقال بصوت مختنق

معتصم:-مهره بصيلى مهره متزعليش علشان خاطرى مهره كفايه عياط وبصيلى

أبعدت يدها بعيد وتراجعت إلى الخلف وتكلمت من بين شهقاتها وقالت

مهره:-ابعد عنى ملكش دعوه بيا انا عايزه امشى

واتجهت إلى الباب امسكها سريعا حتى تهدأ وقال بترجى

معتصم:-علشان خاطرى أهدى أنا اسف متزعليش مهره بترجاكى اسمعينى

نظرت لهم بعدم فهم وقالت بتساؤل

حنان:-ايه ده فيه ايه يا ولاد مالكم !؟

تكلم بصوت مختنق وقال

معتصم:-بابا مد ايده عليا وعليها الهانم سخنته علينا بس ودينى ما هرحمها

نظرت لهم بحزن وقالت بصوت مختنق

حنان:-لا حولا ولا قوه الا بالله متزعليش يا بنتى أنا عارفه أن ملكيش ذنب في اللي بيحصل هنا ده بس هنقول ايه منها لله اللي كانت سبب في قسوة قلب عاصم بالشكل ده

مسك يدها وقال بنبره هادئة

معتصم:-مهره انا قولتها بينى وبينك دلوقتي هقولها قصاد ماما أنا بحبك يا مهره وعايز اتجوزك

نظرت له بصدمه وابتلعت ريقها بصعوبة ثم نظرت إلى حنان بتوتر وجدتها تنظر لهم بأبتسامه حنونه تراجعت إلى الخلف وارجعت شعرها خلف أذنها وقالت بتلعثم

مهره:-ا ا انت بتتكلم بجد

ابتسم لها واومأ رأسه بالتأكيد وقال

معتصم:- اممم بتكلم بجد يا مهره

ثم نظر إلى والدته وقال بأبتسامه

-ايه رأيك يا ماما

تكلمت بسعادة وقالت

حنان:-والله يا ابنى مدام هتكون سعيد معاها وقلبك اللي اختارها يبقى على خيرة الله واحنا مش هنلاقى احسن من مهره مؤدبه وأخلاقها عليا

نظرت لهم بعدم تصديق وقالت بدموع

مهره:-انتوا بتتكلموا بجد

حرك يده على وجينتها وقال بحب

معتصم:-ايوه يا مهره بنتكلم بجد مستغربه ليه

حركت رأسها بدموع وقالت بصوت مختنق

مهره:-ما أنا قولتلك انتوا فين واحنا فين فرق ما بين السما والارض

حرك رأسه بالنفى وقال بحب

معتصم:-مافيش حاجه اسمها انتو فين واحنا فين كلنا بشر وكلنا واحد محدش فينا بيختار هيتولد فين وابن مين ومش معنى أننا عندنا شركات وعايشين في فيلا يبقى كدا احنا مميزين ولا فينا حته زياده دي فكره متخلفه يا مهره وعمرنا أنا وماما ما اعترفنا بيها احنا لينا الشخص اللي قصادنا ده يكون كويس ابن بواب ابن وزير مش فارقه بقى

وضعت يدها على فمها تحاول السيطره على شهقاتها

ابتسم لها وقال بنبره حنونه

-اهدى يا مهره وتعالى يلا اروحك وبالمره اكلم مامتك

ثم نظر إلى والدته وقال

-وأنتي يا ماما قومى أجهزى هخدك معايا مش هنعيش في البيت ده ثانيه واحده

اومأت رأسها بالموافقة وقالت

حنان:-ماشي يا حبيبى اللي تشوفه

ونهضت من على فراشها اسندتها مهره وساعدتها تبدل ملابسها وجهزوا الثلاثه وهبطوا إلى الأسفل وجدوا عاصم ملقى على الأريكة ركض إليه بقلق وأمسك يده وقال

معتصم:-بابا يا بابا رد عليا بابا

وامسك هاتفه سريعا أجرى اتصالا بسيارة الإسعاف وبعد وقت ذهبوا جميعا خلفه إلى المشفى وابلغهم الطبيب بأسف أنه فارق الحياة وانصدم الجميع من الخبر وشعر معتصم بالذنب وتم استلامه وتشييع جثمانه إلى مثواه الأخير .

***

مر فترة وجيزة من الزمن

جلس معتصم على مقعده خلف المكتب الخاص به ونظر أمامه بنظرات كره حاول يسيطر على غضبه وتكلم بصوت جاد

-حقوق ايه دي اللي بتقولي عليها أنتي ملكيش اى حقوق عندي

تكلمت بغضب وقالت بصوت مختنق

عليا:-حقى من ورث ابوك أنا مش كنت مراته وليا نصيب في كل حاجه

تعالت ضحكاته بغضب ونهض من على مقعده واقترب إليها ونظر بعينيها وقال

معتصم:-يا بجاحتك يا شيخه ليكي عين وجايه تطلبى حقك في الورث ده أنتي جبروت والله

تكلمت بتوتر وقالت

عليا:-ا ا اه ليا حق في كل قرش يخص عاصم الله يرحمه

هدر بها بغضب وقال

معتصم:-أنتي مجنونه ولا بتستعبطى يعنى لا حضرتى جنازه ولا دفنا ومجرد ما روحنا بى المستشفى روحتى عند عشيقك وبكل جرأة جايه هنا بطالبى بورثك امشى غورى من هنا وحسك عينك تقربى الشركة تاني واحمدى ربنا أن انا سيبك عايشه لحد دلوقتي

تكلمت بغضب وقالت

عليا:-بلاش تتحدانى يا معتصم علشان انت مش قدى ادينى نصيبى بالرضا وكل واحد يروح لحاله بدل ما هخده برضه بس بالغصب وسعتها هندمك

أشار بيده لها اتجاه الباب وقال بغضب

معتصم:-اطلعى بره

هبت واقفه ونظرت له بتوعد وقالت

عليا:-ماشي يا معتصم انت اللي جبته لنفسك ونصيبى هخده وبالزياده كمان

وخرجت بغضب شديد ودفعت الباب بقوه

نظر إلى أثرها بغضب وقالت

معتصم:-بنى ادمه مستفزه

ثم نظر بساعة يده حتى لا يتأخر عن ميعاد خروج مهره من الجامعة نهض مسرعاا وتحرك إلى الخارج هبط إلى الأسفل وصعد سيارته واتجه إلى الجامعة وقف ينتظر خروجها وفى ذلك الوقت خرجت مع اصدقائها نظرت له بضيق وتحركت سريعا من أمامه وتركته

هبط من السيارة وركض خلفها امسكها من ذراعها وقال

-مهره استنى علشان خاطرى عايزك

وقفت بضيق ونظرت له بغضب وقالت

مهره:-نعم افندم عايز ايه تاني مش كفايه اللي حصل من ماما فيا بسببك

نظر لها بأسف وقال

معتصم:-انا اسف يا مهره مكنتش اعرف أن مامتك هتضربك بالشكل ده لما اطلب ايدك مع أن معرفش هي عملت كده ليه انا دخلت البيت من بابه واتقدمت ليكي زي اى حد

زفرت بضيق وقالت بصوت مختنق

مهره:-هى ماما كده تفكيرها اخدها أن انا اللي وقعتك فيا علشان تتجوزنى

تكلم بعدم تصديق وقال

معتصم:-ده بجد طيب ازاى مش المفروض انها هي اللي ربيتك وعارفه اخلاق بنتها ازاى

ردت عليه بغضب وقالت

مهره:-لو سمحت اتفضل امشى من هنا وملكش دعوه بيا كفايه اللي حصلنا من وراه معرفتكم ارجوك يا معتصم كفايه لحد كده

وتحركت سريعا من أمامه وتركته أوقفت سيارة أجرة وعادت سريعا إلى المنزل

نظر إلى أثرها بحزن شديد وعاد مره اخرى إلى سيارته صعدها وعاد إلى البيت .

***

عادت مهره إلى المنزل بوجه عابس نظرة إلى والدتها بضيق واتجهت إلى غرفتها جلست على الأريكة واسندت رأسها على رصغها بحزن شديد وانهمرت الدموع منها بغزاره تعالت شهقاتها حتى استمعت والدتها لها من الخارج دلفة سريعا بقلق ونظرت لها بتساؤل

امينه:-مالك بتعيطى ليه حاجه حصلت حد اتعرضلك

ارجعت شعرها إلى الخلف ونظرت لها بأنكسار وقالت

مهره:-ليه عملتى كده انا كنت حبيته وهو جه واتقدم معملش حاجه غلط علشان تعملى كل ده

نظرت لها بضيق وجلست على السرير وتكلمت بصوت مختنق وقالت

امينه:-علشان مش عايزاكى رخيصة يا بنتى الفرق الاجتماعى ما بينكم مش هيكون في صالحك مع الوقت هيتعامل معاكى على انك رخيصه مش رخيصه في الشرف لا رخيصه في الكرامه وهيعتبر نفسه أنه نزل من نفسه علشان خاطرك وعمل جميل فيكى ورفعك وأنتي هتكونى مجبره تصدقى لأن ده فعلا اللي حصل ربنا خلقنا طبقات يا بنتى وكل طبقه ليها ناسها اللي هيقدروا يتأقلموا مع بعض واحنا طبقتنا غير طبقتهم وعمركم ما هتقدروا تبقوا مع بعض

وضعت يدها على وجهها وظلت تبكى وتكلمت من بين شهقاتها وقالت

مهره:-بس احنا كلنا عند ربنا واحد الطبقات دي فكرة مجتمع عقيم محدش احسن من حد كلنا مخلوقين من طين وكلنا اخرتنا واحده ليه بقى الناس بتعمل فروق اجتماعيه في الدنيا أنا مش مجبره اكسر قلبى لمجرد أنه هو غنى وانا فقيره الحب ميعرفش الفروقات الحب يا ماما بيعمل المستحيل وانا ومعتصم بنحب بعض

تنهدت بضيق وهبت واقفه ونظرت لها وقالت بنبره مختنقه

امينه:-وانا قولت مافيش جواز يا مهره الموضوع منتهى ومش عايزه كلام تاني فيه

وتركتها وخرجت من الغرفه

نظرت إلى أثرها بحزن شديد وارتمت على الأريكة وظلت تبكى

.

***

البارت السابع

مر عدة ايام

خرجت مهره من الحرم الجامعى تبحث بعينيها عن سيارة معتصم الذى كان ينتظرها بأستمرار رغم رفضها له المستمر تنهدت بضيق واتجهت بأتجاه السيارات حتى تلوح بيدها لسيارة أجرة لكنها تفاجئت بسياره تأخذها إلى الداخل واحد يضع شئ ما على أنفها حتى فقدت الوعى.

بدأت تحرك رأسها بألم شديد وتحاول فتح عينيها بصعوبة نظرت حولها بنظرات تائهه وحاولة تتذكر ما حدث وكيف أتت إلى هذا المكان وفى ذلك الوقت سمعت صوت ضحكه هي تعلمها جيدا نظرت بأتجاه الصوت وقالت بصدمه

-أنتي !!

اقتربت إليها وامسكتها من شعرها بغضب وقالت

عليا:-نورتى يا حلوه

تكلمت بألم وقالت بصوت مختنق

مهره:-أنتي عايزه منى ايه تاني مش كفايه اللي بشوفه في حياتى أنا وماما بسببك

صكت على أسنانها بغضب وقالت

عليا:-انا اللي حياتى اتشقلبت من ساعة ما دخلتى حياة معتصم أنتي السبب في أنه يوقف قصاد ابوه ويموت بسببه لو كان استنى ايام بس كان زمانى اخده منه كل حاجه على حياة عينيه بس احنا

فيها حقى هخده من معتصم برضاه أو غصب عنه لما نشوف بقى القطه غاليه قد ايه عنده ومين الأهم أنتي ولا الفلوس

نظرت لها بغضب وقالت

مهره:-وأنتي فاكره أن البلد سايبه لدرجاتى وهتعدى بعملتك دي تبقى بتحلمى اخرتك الحبس يا عليا والفلوس مش هتنفعك بحاجه

تعالت ضحكاتها وقالت

عليا:-الحبس ليكي واللي زيك إنما أنا لا يا ماما أنا هاخد الفلوس وهسافر بيها بره واتجوز اللي بحبه وقلبى اختاره وأنتي هتكونى المرحومه لانك مش خارجه من هنا غير على قبرك يا حلوه بس قبل القبر فيه حاجه لازم أحرق قلب معتصم عليها

وهتفت على رجالها ونظرت لهم وأشارت بأصابعها على مهره وقالت

-عايزاها زي ما أمها ولادتها عيشوا حياتكم معاها وصورها بقى كام صوره وهى في حضنكم مش هوصيكم

ونظرت إلى مهره بغضب وتعالت ضحكاتها الشرانيه وخرجت وتركتهم

ابتلعت ريقها بصعوبة وانهمرت الدموع على وجينتها وقالت بترجى

مهره:-ابوس ايديكم متعملوش فيا كده ارجوكم

اقتربوا منها تمزقت ملابسها من الجميع وبدأوا يتقربوا منها كفريسه سقطت طعما تحت انياب فريستها ظلت تصرخ تستنجد بأحد ينقذها لكن دون جدوى خارت قواها ولم تستطيع التحمل أكثر من هذا وفقدت الوعى ولم تشعر بأي شئ اخر .

***

تراجع على مقعده إلى الخلف بأرهاق شديد لقد كان يوما مزحوم بالعمل الشاق نظر بساعة يده وجد الوقت قد فات على خروج مهره زفر بضيق وفى ذلك الوقت أعلن هاتفه عن وجود رساله نظر بأستغراب لانه رقم مجهول فتح الرساله وجد صور مهره داخل أحضان الرجال نهض سريعا من على مقعده وظل ينظر بالهاتف ويحقق بالصور اغلق قبضة يده بغضب وقال

-مافيش غيرها الشغل ده ميطلعش غير منها

وأجرى اتصالا سريعا بها وانتظر الرد وبعد وقت سمعت صوت ضحكاتها تخترق أذنه صك على أسنانه بغضب وقال

-ليه بدخلى مهره في اللي ما بينا ليه !؟

تكلمت بصوت ضاحك وقالت

عليا:-لان هي دي اللي هتوجعك يا ننوس عين امك قولتلك بلاش اللعب معايا هتخسر كتير مصدقتش اهى حبيبت القلب بقت فريسه لرجاله وعملوا عليها احلى وليمه

هدر بها بغضب وقال

معتصم:-هقتلك يا عليا مش هرحمك من تحت ايدى

تعالت ضحكاتها وقالت بتهكم

عليا:-يا مامي خوفتنى أنت عبيط يلا، قصره حقى من ورث ابوك يكون عندي احسن ما ابعتلك الحلوه جثه هامدة وانت جربت كلامي مش مجرد تهديد وخلاص

اغلق الخط بغضب شديد والقى الهاتف وجلس على الأريكة وضع رأسه بين يده تسابقت العبرات على وجينته بحزن شديد لا يعلم ماذا سيفعل في هذه الورطه عندما تذكر ما رآه بالهاتف لكم المنضدة بيده وصاح بغضب شديد وقال من بين شهقاته

-حقك عليا يا مهره أنا السبب في اللي حصلك كان عندك حق لما قولتيلى أن ابعد عنك انا اللي غبى

ثم نظر امامه بتفكير وقال بتوعد

-انا لازم اتصرف حتى لو اديتها حقها في الورث هتأذيها وتخلص عليها لازم اشوف اى صرفه تانية أنقذها بيها، تيجى تحت ايدى بس يا عليا ودينى لادفعك التمن غالى اوى

ونهض مسرعا مال بجسده التقط الهاتف الخاص به وخرج من غرفة المكتب هبط إلى الأسفل صعد سيارته وتحرك بها سريعا.

***

حركت رأسها بألم شديد شعرت وكأن جسدها تهشم لأجزاء صغيره حركت يدها بدموع وتذكرت ما حدث لها منذ قليل بحثت بعينيها حولها بالمكان حتى تجد أحد تطمئن منه وفى ذلك الوقت انفتح الباب ودلفة امرأه ملامحها هادئة نظرت لها بدموع وقالت بتساؤل

-لو سمحتى ممكن اعرف أنا فين دلوقتي ؟

نظرت لها بنظرات خاليه من اى تعبير وقالت بصوت حاد

-أنتي لسه زي ما أنتي في نفس المكان

زفرت بضيق وقالت بدموع

مهره:-طيب ممكن تطمنينى حصل حاجه ولا لا

حركت رأسها بهدوء وقالت

-اطمنى أنتي زي ما أنتي الرجاله لما أغمى عليكي بعدوا عنك وسابوكى

تكلمت بدموع وقالت من بين شهقاتها

مهره:-ياريت،كنت موت و استريحت من كل اللي بيحصلى ده

ووضعت يدها على وجهها وظلت تبكى

نظرت حولها واقتربت منها وقالت بصوت هامس

-متخافيش انا جنبك مش هسمح لحد يقرب منك

نظرت لها بأستغراب وقالت بتساؤل

مهره:-وأنتي بتعملي معايا كده ليه أنتي تعرفينى!؟

اومأت رأسها بالتأكيد وقالت

-ايوه، أنتي مره ساعدينى، لو مكنتيش نبهتينى أن ابن صاحب البيت اللي كنتى شغاله فيه بيخطط علشان يضحك عليا و ياخد منى اللي عايزه الله اعلم كان ايه ممكن يحصلى وبفضلك بعد عنه ولحقت نفسي

ونزعت المحلول من يدها ونظرت لها حتى تطمئنها وخرجت من عندها وتركتها

ظلت تتابعها بعينيها حتى اختفت اعتدلت على السرير و تنهدت بأرتياح ودعت ربها أن ينجيها من هذا الهلاك.

***

وقفت بالشرفه الداخليه تنظر على المارين بالشارع بقلق شديد تنتظر عودة ابنتها لقد تأخر الوقت كثيرا انهمرت دموعها بغزاره وظلت تدعى ربها أن يطمئن قلبها بعودتها نظرت بساعة يدها وشعرت دقات قلبها تتزايد أصبح الوضع مقلق أكثر لقد تعدى الوقت كثيرا دلفة غرفتها ارتدت إسدال الصلاة وهبطت سريعا إلى الشارع أوقفت سيارة اجره واتجهت إلى الفيلا الخاصه بعائلة معتصم وبعد وقت وقفت أمام الباب ضغطت على زر الجرس عندما انفتح ركضت إلى الداخل وهتفت على معتصم حتى ياتى

إليها ثواني وجدته يقف أمامها بوجه حزين أمسكت يده قبلتها بترجي وقالت

امينه:-ابوس ايدك خلي بنتي ترجع انا عارفه أن غلطانه لما رفض جوازك ليها وعارفه أن وقفت في طريق حبكم انتوا الاتنين بس كنت غبيه عملت كده علشان كنت خايفه عليها خايفه تجرحها في يوم من الايام رجعها وانا هجوزها ليك أنا عارفه انك عارف مكانها اكيد هربت علشان زعلانه مني بص بلغها أن انا موافقة على جوازكم

نظر لها بأستغراب وقال بصوت مختنق

معتصم:-اهدى يا أمي مهره عمرها ما تعمل كده متقلقيش والله هرجعها ليكي حتى لو كان التمن عمري

تراجعت إلى الخلف ونظرت له بقلق وقالت بصوت مهتز

امينه:-ا ا انت تقصد ايه بكلامك ده ب ب بنتي فين يا معتصم

نظر إلى الأرض وقال بصوت مختنق

معتصم:-عليا خطفاها

حركت رأسها بالرفض وقالت بدموع

امينه:-لا كدب، انت بتضحك عليا صح انت اللي هربتها علشان تضغطوا عليا و اوافق على جوازكم اتكلم يا معتصم وقول أن ده مش حقيقه قول انها هنا وهتطلع ليا دلوقتي من جوه انطق متققش ساكت كده

اقتربت منها حنان واخذتها بحضنها وقالت بصوت حزين

-اهدى يا حبيبتي معتصم ابني مش هيسكت وهيرجعها لينا ده من ساعة ما رجع من بره مهداش شويه ومن التليفون لده لتليفون ده

ابتعدت عنها وهدرت بهم بعدم تصديق وقالت

امينه:-يعنى ايه بنتى اتخطفت انتوا اتجننتوا بنت مالها ومال عليا احنا طول عمرنا ماشين جنب الحيط عمرنا ما اذينا حد احنا كل اللي بيحصل لينا من يوم ما شوفناكم أنا عايزه يا بنتى أنا مليش غيرها في الدنيا دي رجعلولى بنتى بقولكم

اقتربت إليها مره اخرى احتضنتها بحزن وقالت

حنان:-وحدى الله بس يا حبيبتى بنتك هترجع تاني لحضنك بس اصبرى ثقى في معتصم بس ومتخافيش

ظلت تصرخ داخل أحضنها حتى خارت قواها وفقدت الوعى

مال معتصم بجسده حملها من داخل أحضان والدته صعد بها إلى أحد الغرفه وضعها على السرير ونظر إلى والدته وقال بصوت مختنق

-خلى بالك منها يا ماما انا هروح مشوار بسرعه كده وان شاءالله اقدر اوصل لحاجه

اومأت رأسها بحزن وقالت

حنان:-ماشي يا ابنى ربنا معاك وربنا يطمنا على مهره يارب

نظر إلى امينه بحزن وخرج من الغرفه مسرعا هبط إلى الأسفل صعد سيارته واتحرك بها سريعا.

***

البارت الاخير

وصل معتصم إلى قسم الشرطه وجلس على المقعد وتكلم بصوت منكسر وحزين قائلا

-انا عايز اوصل ليها في اسرع وقت مامتها منهاره علشانها أنا عايز أدى اللي اسمها عليا دي درس تفضل فكراه العمر كله

اجابه بتوضيح وقال

-احنا وصلت لينا اخباريه عن مكانها بس اللي بلغنا مش حابب يتذكر اسمه في القضيه وحاليا جارى مداهمة المجرومين في المكان المذكور

تهللت اساريره وانفرجت ملامح وجه بسعادة وقال بعدم تصديق

معتصم:-بجد حضرتك يعنى وصلتوا ليها خلاص

تكلم بنبره جاده وقال

-ايوه، تقدر تستناها ولو جد حاجه تاني هبلغها لحضرتك

هب واقفا وقال بسعادة

معتصم:-شكرا جدا لحضرتك كنت اتمنى اعرف مين اللي ساعدكم علشان اشكره بنفسي بس طبعا تحترم رغبته في عدم الإفصاح بأسمه عن اذنك

وخرج من عنده بسعادة ينتظر عودة مهره مع رجال الشرطه.

بدأت رجال الشرطه في مداهمة بيت عليا وملحقاتها أثناء الهروب أطلق عليها عيار ناري أسقطها غارقه بدمائها

تم الوصول إلى مهره في إحدى الغرف و إنقاذها من هذا المكان وصعدت مع رجال الشرطه السيارة واتجهوا إلى قسم الشرطه وبعد وقت هبطت معهم وهى تنظر حاولها بنظرات تائهه بين سعادتها وخوفها انهمرت دموعها بغزاره وتحركت معهم إلى الداخل عندما رأها معتصم ركض إليها احتضنها بسعادة وقال بحب

-حمدالله على السلامه يا مهره أنا كنت هموت عليكي أنا مش مصدق نفسي انك بين ايديا

ظلت يدها عالقه بالهواء، سريعا ما تمسكت به بقوه وظلت تبكى بحزن شديد

ربت على ظهرها بحنو وقال بنبره هادئة

معتصم:-ششششش أهدى يا مهره أنتي دلوقتي في حضنى ومحدش هيقدر يقرب منك تاني

ابتعدت عنه وازالة عبراتها بأناملها وقالت من بين شهقاتها

مهره:-ماما عامله ايه اكيد منهاره علشانى صح

اومأ رأسه بالتأكيد وقال

معتصم:-ايوه بس متقلقيش ماما معاها

وضعت يدها على فمها وقالت بدموع

مهره:-انا اتبهدلت اوى يا معتصم دول دول ك ك كانوا عايزين

ووضعت يدها على وجهها وظلت تبكى

نظر لها بقلق وقال بتساؤل

معتصم:-ع ع عملوا فيكى حاجه يا مهره

حركت رأسها بدموع وقالت

مهره:-لا بس كانوا هيعملوا وانا أغمى عليا وهما سعتها بعدوا عنى

تنهد بأرتياح وقال بحزن

معتصم:-حقك عليا يا مهره انا السبب واهى اخدت جزئها من عند ربنا امشى يلا هياخدوا اقوالك في القضيه وبعد كده نروح على الفيلا عندنا

وتحركوا إلى الداخل وبعد وقت خرجت مع معتصم وهى منهاره من البكاء ربت على يدها بترجى وقال

-علشان خاطرى أهدى يا مهره ارجوكى بلاش دموعك دي خليكي قويه علشان لما امك تشوفك متقلقش عليكي اكتر وتفتكر انك مداريه عليها حاجه

حركت رأسها بالرفض وقالت بدموع

مهره:-مش قادره اتخيل اللي كان ممكن يحصلى لو مكنتش قابلة الدكتوره دي وساعدت الشرطه أنها توصلى صعبه عليا والله يا معتصم

ابتسم لها وقال بحب

معتصم:-عارف والحمدلله ربنا نجاكى أهدى بقى علشان مامتك يا مهره

اومأت رأسها بالموافقة وقالت

مهره:-حاضر يلا بينا

خرجوا سويا وصعدوا السيارة وعادوا إلى الفيلا وبعد وقت هبطت مهره ودخلت تركض إلى الداخل ثم نظرت حولها وقالت بدموع

-ماما فين يا معتصم

أشار بأصابعه إلى الأعلى وقال

معتصم:-فى الاوضه اللي فوق

صعدت تركض إلى الأعلى وفتحت باب الغرفه وجدت والدتها نائمه والدموع على وجينتها وتجلس بجوارها حنان اتجهت إليها وجلست بجوارها وامسكت يدها

نظرت لها بسعادة وقالت

حنان:-حمدالله على السلامه يا بنتى

ابتسمت لها وقالت بصوت مختنق

مهره:-الله يسلمك يا مدام حنان

ثم نظرت إلى والدتها وقالت بدموع

-ماما يا ماما ردى عليا انا جيت اهو وجنبك

فتحت عينيها بعدم تصديق ونظرت إلى مهره بدموع واعتدلت سريعا احتضنتها بدموع وقالت

امينه:-بنتى حبيبتى نور عيونى من جوه أنا مش مصدقه نفسي

وحركت يدها على وجهها وقالت

-أنتي رجعتى صح يعنى دي مش تهيؤات ردى عليا يا بنتى أنتي موجوده صح

اومأت رأسها بدموع وقالت

مهره:-صح يا ماما صح انا اسفه يا حبيبتى علشان أنا السبب في دموعك دي أنا بحبك اوى يا ماما اوى

احتضنتها بدموع وقالت

امينه:-انا اللي اسفه يا نور عيونى اسفه على كل مره ضربتك فيها اسفه على وجع قلبك لما حرمتك من حبك اسفه على كل دمعه نزلت أنا السبب فيها

تمسكت بها أكثر وظلت تبكى بشدة

جلس بجوار امينه وربت على ظهرها وقال بسعادة

معتصم:-بالمناسبة السعيده دي و رجوع مهره تاني وسطنا بطلب منك ايد مهره وافقى بالله عليكي أنا مقدرش اعيش من غيرها

نظرت له بأبتسامه هادئة وقالت

امينه:-وانا موافقة يا ابنى ومتأكده انك هتقدر تصونها وتحميها علشان بتحبها وهى كمان بتحبك اوى يا حبيبى

وقفت سريعا وأعطتهم ظهرها وقالت بتوتر

مهره:-ها ا ا ايه اللي أنتي بتقوليه ده يا ماما

اقترب إليها وأمسك يدها بحب وقال بأبتسامه

معتصم:-بتقول اللي أنا شايفه في عيونك يا مهره أنا بحبك ومتأكد انك أنتي كمان بتحبينى ومن النهارده مش هسمحلك تبعدى عنى لحظه واحده فاهمه

نظرت بتوتر وابتسمت له بخجل واومأت رأسها بالموافقة .

***

بعد عدة أعوام

هبطت مهره من أعلى الدرج وهى تحمل طفلتها على ذراعها وتبتسم بسعادة إلى زوجها معتصم

اقترب إليها وأخذ منها طفلته وقبل رأسها بحب وقال

-ايه الجمال ده يا روحى طالعه زي القمر

ابتسمت له بحب وقالت

مهره:-ربنا يخليك ليا يا حبيبى وانا اجى ايه بس جنب جمالك وحلاوتك دول طيب انا بفكر ألغى موضوع الحفلة دي ونقعد في البيت علشان محدش يبص ليك و يعاكسك أنا لو شوفت واحده بتبصلك كده ولا بتقربلك ده أنا أكلها بأسنانى

تعالت ضحكاته وقال بحب

معتصم:-وانا لو حواليا بنات الدنيا بحالها عمرى ما هبص ليهم علشان أنتي وبس اللي ساكنه قلبى وماليه عينيا، وعموما لو مش عايزه نروح الحفلة براحتك أنا بقول برضه خلينا ونطلع اوضتنا

وغمز لها بعينه

ابتسمت له بخجل وقالت

مهره:-لا مش هينفع يا ظريف مدام نجلاء هتزعل مننا لو محضرناش حفلة عيد ميلاد بنتها دي مأكده علينا اننا لازم نكون موجودين امشى يلا

امسك يدها قبلها بحب وتحركوا إلى الخارج.

النهايه

تمت بحمد الله